L'homme du temps

Frank Belknap Long

Writat

Cette édition parue en 2023

ISBN : 9789359253763

Publié par
Writat
email : info@writat.com

L'HOMME DU TEMPS

Par Frank Belknap Long

L'HOMME DU TEMPS

Par Frank Belknap Long

Au plus profond du futur, il a trouvé la réponse au problème séculaire de l'homme.

DARING MOONSON , on l'appelait. C'était un nom fier, un nom courageux. Mais à quoi bon un nom qui retentit comme un appel au combat si celui qui le porte ne peut le répéter à haute voix sans crainte ?

Moonson avait essayé de se dire qu'un homme pouvait vaincre la peur s'il parvenait une fois à trouver le courage de rire de tous les péchés qui ont jamais existé et à faire ce qui lui plaisait . Une expression ancienne qui... bon sang. Cela remontait clairement à l'ère élisabéthaine, et Moonson avait essayé de s'imaginer comme un homme élisabéthain avec un volant sur la gorge et une rapière dans le fermoir, se bagarrant vigoureusement dans une taverne.

À l'époque élisabéthaine, les hommes avaient renoncé à toute prudence et vivaient avec tout leur corps, pas seulement avec leur esprit seul. C'est peut-être pour cela que, même en 3689, des noms provocateurs surgissaient encore. Des noms comme Independence Forest et Man, Live Forever !

Ce n'était pas facile pour un homme d'être à la hauteur d'un nom comme Man, Live Forever ! Mais Moonson était prêt à croire que cela était possible. Il y avait quelque chose dans la nature humaine qui poussait un homme à abandonner toute prudence et à essayer de se montrer à la hauteur des revendications formulées à sa naissance par ses parents.

Ça doit être mauvais, pensa Moonson . Ce doit être grave si je n'arrive pas à contrôler le tremblement de mes mains, le martèlement du sang sur mes tempes. Je suis comme un enfant enfermé seul dans le noir, entendant des rats courir dans un placard couvert de toiles d'araignées et le bruit de la canne d'un aveugle dans une rue déserte à minuit.

Tapez, tapez, tapez – de plus en plus près dans l'obscurité. Dans combien de temps les rats sortiraient-ils en masse, pleins de crocs de sang et totalement vicieux ? Dans combien de temps la canne frapperait-elle ?

Il leva rapidement les yeux, fouillant les ombres. Depuis près d'un mois maintenant, les subtilités brillantes de la machine lui procuraient un sentiment complet de sécurité. En tant qu'érudit voyageant dans le Temps , il avait été accepté par ses compagnons de voyage comme un homme d'un grand courage et d'une ferme détermination.

Pendant vingt-sept jours, une surface lisse de métal brillant l'avait entouré d'un mur, lui permettant d'affronter la réalité à un niveau tout à fait adulte. Pendant vingt-sept jours, il avait remonté le temps avec fierté, prenant un plaisir créatif à regarder l'héritage du genre humain se dérouler devant lui comme un cinéramoscope sous verre.

Regarder une terre verte dans la lumière dorée du soleil mourant d'une époque perdue dans la mémoire humaine pourrait restaurer la force de détermination d'un homme par sa seule sérénité. Mais même une époque de guerre et de peste pouvait être observée sans tourment derrière les boucliers protecteurs de la Time Machine. Le danger, les accidents, les catastrophes ne pouvaient le toucher personnellement.

Observer la mort et la destruction en tant que spectateur dans un observatoire du temps itinérant, c'était comme observer un cobra prêt à frapper derrière une vitre cristalline dans un jardin zoologique.

Rien que de penser : c'est terrible si le verre n'était pas là ! Quelle chance j'ai d'être en vie, avec une chose aussi mortelle et monstrueuse à portée de main !

Depuis vingt-sept jours, il voyageait sans crainte. Parfois, l'Observatoire du Temps identifiait une époque et la survolait pendant que ses compagnons prenaient des notes historiques minutieuses. Parfois, il revenait sur son parcours et faisait demi-tour. Une nouvelle ère serait examinée à la loupe et davantage de notes seraient prises.

Mais une chose horrible qui lui était arrivée avait réveillé en lui un cauchemar solitaire et agité. Les peurs de l'enfance qu'il avait cru enterrées à jamais étaient revenues le tourmenter et il avait développé une peur soudaine et terrible du brouillard à l'extérieur de la vitre en mouvement , de la façon dont la machine elle-même tournait et plongeait lorsqu'une ruine antique se dirigeait vers lui. Il avait développé une peur du temps.

Il n'y avait pas d'échappatoire à cette Peur du Temps. Dès l'instant où cela lui est arrivé, il a perdu tout intérêt pour la recherche historique. 1069, 732, 2407, 1928, chaque date le terrifiait. La peste noire à Londres, le grand incendie, l'armada espagnole en flammes au large d'une petite île sombre qui allait bientôt façonner le destin de la moitié du monde – comme tout cela semblait insignifiant dans l'ombre de sa peur !

La race humaine avait-elle vraiment autant progressé ? Le temps avait été conquis, mais aucun homme n'était encore assez sage pour se guérir si une peur profonde et irraisonnée s'emparait de son esprit et de son cœur, ne lui laissant aucune paix.

Moonson baissa les yeux et vit que Rutella l'observait à la manière d'une femme timide ne souhaitant pas intervenir trop brusquement dans les pensées d'un inconnu.

Au plus profond de lui, il savait qu'il était devenu un étranger pour sa propre femme et cette prise de conscience augmentait considérablement son tourment. Il regarda sa tête contre son genou, son beau dos et ses cheveux noirs et lisses. Elle avait des yeux violets, pas noirs comme ils semblaient à première vue mais d'un violet profond et brillant.

Il se souvint soudain qu'il était encore un jeune homme, avec une ardeur de jeune homme qui montait en lui. Il se pencha rapidement, embrassa ses lèvres et ses yeux. Ce faisant, ses bras se resserrèrent autour de lui jusqu'à ce qu'il se demande ce qu'il aurait pu faire pour mériter une telle femme.

Elle ne lui avait jamais paru aussi précieuse et l'espace d'un instant il sentit sa peur s'atténuer un peu. Mais c'est revenu et c'était pire qu'avant. C'était comme une vieille douleur qui revenait à un moment inattendu pour refroidir un homme avec le rappel écoeurant que toute joie doit prendre fin.

Sa décision d'agir a été prise rapidement.

La première étape a été la plus difficile, mais avec un effort délibéré de volonté, il l'a accomplie à sa satisfaction. Il enfouissait ses pensées secrètes sous une préoccupation mentale continue pour le vain et le trivial. Il était important pour le succès de son plan que ses compagnons ne se doutent de rien.

La deuxième étape était moins difficile. Le blocage mental resta ferme et il réussit à poursuivre dans le plus grand secret les véritables préparatifs de son départ.

La troisième étape était la dernière et elle le faisait passer d'un grand compartiment à un petit, d'une surface métallique très arquée à un labyrinthe de mécanismes de contrôle complexes dans un espace si étroit qu'il devait s'accroupir pour travailler avec précision.

Avec rapidité et compétence, ses doigts se déplaçaient sur des instruments scientifiques que seul un homme complètement sensé aurait su manipuler. C'était une épreuve décisive pour sa santé mentale et il savait en travaillant que ses facultés de raisonnement, au moins, n'avaient subi aucune altération.

Sous ses mains, les commandes de l'Observatoire du Temps étaient de solides tiges de métal. Mais soudain, alors qu'il travaillait, il se surprit à les considérer comme des abstractions fluides, chacune étant une étape dans le long progrès de l'homme depuis la jungle jusqu'aux étoiles. Temps et espace – masse et vitesse.

Il est incroyable qu'il ait fallu des siècles de patiente recherche technologique pour maîtriser de manière pratique les énormes implications du postulat initial d'Einstein. Déformez l'espace avec un objet en mouvement rapide, éloignez-vous de l'observateur à la vitesse de la lumière – et toute l'histoire humaine a pris les contours fermes d'un paysage dans l'espace. Le temps et l'espace ont fusionné et ne font plus qu'un. Et un homme dans un observatoire du temps finement équipé pourrait revisiter le passé aussi facilement qu'il pourrait voyager à travers la grande courbe de l'univers jusqu'à la planète la plus éloignée de l'étoile la plus éloignée.

Les commandes étaient soudain fermement entre ses mains. Il savait précisément quels ajustements procéder. L'iris de l'œil humain se dilate et se contracte à chaque changement d'éclairage, et l'Observatoire du Temps avait également un iris. Cet iris pourrait être ouvert sans mettre en danger le moins du monde ses compagnons – s'il prenait soin de l'élargir juste assez pour accueillir un seul homme robuste et de taille moyenne.

La sueur coulait à grosses gouttes sur son front pendant qu'il travaillait. La lumière qui traversait l'iris de la machine était d'abord faible, une infime lueur blanche dans l'obscurité profonde. Mais à mesure qu'il ajustait les commandes, la lumière devenait de plus en plus brillante, le frappant jusqu'à ce qu'il s'agenouille dans un cercle de rayonnement qui éblouissait ses yeux et faisait battre son cœur.

J'ai vécu trop longtemps dans la peur, pensa-t-il. J'ai vécu comme un homme emprisonné, à l'abri du soleil. Désormais, lorsque la liberté m'appelle, je dois agir rapidement, sinon je serai impuissant à agir.

Il se redressa, fit un pas lent en avant, les yeux fermés. Un autre pas, un autre – et soudain il sut qu'il était à la porte de la connaissance sûre du Temps, en contact réel avec le passé car ses oreilles étaient maintenant assaillies par la grande confusion des sons et des voix anciens !

Il quitta la machine à voyager dans le temps d'un bond, un bras tenu devant son visage. Il essaya de garder les yeux couverts alors que le sol semblait s'élever à sa rencontre. Mais il vacilla dans une agonie de déséquilibre et ouvrit les yeux – pour voir la surface verte sous lui scintiller comme un joyau soudainement découvert.

Il resta debout juste assez longtemps pour voir son Observatoire du Temps s'éteindre et disparaître. Puis ses genoux cédèrent et il s'effondra avec un cri désespéré alors que la peur l'enveloppait...

Il y avait des pâquerettes dans le champ où il gisait, les épaules et la poitrine nue plaquées contre le sol. Un vent doux remuait l'herbe et le gazouillis en forme de flûte d'un oiseau chanteur se répétait près de son oreille, encore et encore avec une persistance infatigable.

Brusquement, il se redressa et regarda autour de lui. Parallèlement au champ, il y avait une route de campagne sinueuse sur laquelle arrivait un véhicule jaune et argenté sur roues, dont toute la partie supérieure était recouverte de verre qui reflétait le paysage automnal avec une clarté surprenante.

Le véhicule s'est arrêté juste devant lui et un homme aux joues rouges et aux cheveux blancs comme neige s'est penché pour lui faire signe.

"Bonjour Monsieur!" cria l'homme. "Puis-je vous emmener en ville?"

Moonson se leva en chancelant, l'inquiétude et la suspicion dans le regard. Très prudemment, il abaissa la barrière mentale et les pensées de l'homme envahirent son esprit dans une confusion ahurissante.

Ce n'est pas un agriculteur, c'est sûr... il a dû nager dans la crique, mais ce slip de bain qu'il porte est à tomber par terre !

Hein! Je n'aurais pas le courage de défiler en malle comme ça, même sur une plage publique. Probablement exhibitionniste... Mais pourquoi devrait-il les porter ici dans les bois ? Pas de blondes ni de rousses à assommer ici !

Hein! Il aura peut-être la courtoisie de me répondre... Eh bien, s'il ne veut pas de transport pour aller en ville , cela ne me regarde pas !

Moonson regardait le véhicule disparaître hors de vue. De toute évidence , son silence avait irrité l'homme, mais il ne pouvait répondre qu'en secouant la tête.

Il se mit à marcher, s'arrêtant un instant au milieu du pont pour contempler un jet d'eau qui ondulait au soleil sur les rochers couverts de mousse. De minuscules poissons argentés voltigeaient sous une cascade tumultueuse et il se sentit calmé et rassuré par cette vue . Les épaules dressées maintenant, il marchait...

Il était midi lorsqu'il arriva à la taverne. Il entra, vit des hommes et des femmes danser dans une faible lumière, et il y avait un énorme instrument de musique aux couleurs de l'arc-en-ciel près de la porte qui le surprit par sa résonance. La musique était sauvage, bizarre, un peu terrifiante.

Il s'assit à une table près de la porte et chercha dans l'esprit des danseurs un indice sur la signification de ce qu'il voyait.

Les pensées qui lui venaient étaient étonnamment primitives, directes et parfois dénuées de sens pour lui.

Vas-y doucement, bébé ! Balancez-le ! Bien sûr, nous sommes dans le rythme maintenant, mais on ne peut jamais le dire ! Je vais t'acheter une orchidée, chérie ! Pas des roses, juste une orchidée, noire comme vos cheveux ! Avez-vous déjà vu une orchidée noire, chérie ? Ils sont rares et chers !

Oh, chérie , chérie , serre-moi plus près ! La musique tourne en rond ! Ce sera toujours comme ça avec nous, chérie ! Ne soyez jamais un carré ! C'est tout ce que je demande ! Ne soyez jamais un carré ! Blottissez-vous contre moi, laissez-vous aller ! Quand tu danses avec une fille, tu ne devrais jamais en regarder une autre ! Tu ne le sais pas, Johnny !

Bien sûr , je le sais, Doll ! Mais ai-je déjà prétendu que je n'étais pas humain ?

Chéri , poupée, poupée bébé ! Regardez tout ce que vous voulez ! Mais si jamais tu oses...

Moonson se détendit un peu. À toutes les époques, la danse était étroitement liée à l'amour, mais elle était ici poursuivie avec un ravissement insouciant qu'il trouvait stimulant sur le plan créatif. Les gens venaient ici non seulement pour danser mais aussi pour manger, et les pensées des danseurs laissaient entendre qu'il n'y avait rien de stylisé dans une taverne. Le rituel était tout à fait naturel.

Dans les bas-reliefs égyptiens, on voyait le contraire dans la danse. Chaque mouvement était strictement prescrit, les bras tenus rigidement et fortement pliés au niveau des coudes. Des mouvements lents plutôt que vifs, une révérence et un grattage avec des coupes de fruits étendues en offrandes à chaque tour.

Il n'y avait évidemment aucune autorité intronisée ici, pas de roi orné de bijoux pour apaiser lorsque les émotions se déchaînaient, mais une liberté totale d'embrasser la joie avec un abandon corybantique.

Un homme de grande taille vêtu de vêtements noirs mal ajustés s'approcha de la table de Moonson , interrompant ses réflexions avec des pensées qui semblaient conçues pour le déranger et le distraire par pure perversité. Ainsi, même ici, il y avait des mouches dans chaque onguent, et aucun rêve de perfection ne pouvait rester incontesté.

Il resta assis, immobile, absorbant les pensées de l'homme.

À son avis, qu'est-ce que c'est ? Des bains publics ? Mike dit que c'est normal de les servir s'ils reviennent de la plage tels qu'ils sont. Mais juste une bière rapide, pas plus. A cette fin de saison, on croirait qu'ils auraient la décence de s'habiller !

L' homme vêtu de manière funéraire donna sur la table une brosse avec un tissu qu'il portait, puis pencha la tête en avant comme un oiseau charognard de mauvaise humeur.

"Je ne peux pas te servir autre chose que de la bière. Les ordres du patron. D'accord ?"

Moonson hocha la tête et l'homme s'en alla.

Puis il se tourna vers la jeune fille. Elle avait peur. Elle était assise toute seule, arrachant nerveusement la nappe à carreaux rouges et blancs. Elle s'assit dos à la lumière, regroupant le tissu en petits plis, puis le lissant à nouveau.

Elle avait broyé des cigarettes tachées de rouge à lèvres jusqu'à ce que le cendrier déborde.

Moonson commença à observer la peur dans son esprit...

Sa peur grandit lorsqu'elle pensa que Mike n'était pas parti pour de bon. L'appel téléphonique ne prendrait pas longtemps et il reviendrait d'une minute à l'autre. Et Mike ne serait pas satisfait jusqu'à ce qu'elle soit brisée en petits morceaux. Oui, Mike voulait la voir à genoux, le suppliant de la tuer !

Tue-moi, mais ne fais pas de mal à Joe ! Ce n'était pas sa faute ! Ce n'est qu'un enfant – il n'a pas encore vingt ans, Mike !

Ce serait un mensonge, mais Mike n'avait aucun moyen de savoir que Joe aurait vingt-deux ans le jour de son prochain anniversaire, même s'il en paraissait tout au plus dix-huit. Il n'y avait aucune pitié chez Mike, mais sa fierté le laisserait-il baiser un jeune de dix-huit ans ?

Mike s'en fiche ! Mike le tuera de toute façon ! Joe ne pouvait s'empêcher de tomber amoureux de moi, mais Mike ne se soucie pas de ce que Joe pourrait aider ! Mike n'a jamais été jeune lui-même, jamais un enfant adorable comme Joe !

Mike a tué un homme quand il avait quatorze ans ! Il a passé sept ans dans une maison de correction et les enfants n'y étaient jamais jeunes. Joe ne sera qu'un de ces enfants pour Mike...

Sa peur ne cessait de croître.

On ne pouvait pas combattre des hommes comme Mike. Mike était fort à bien des égards. Quand on dirigeait une taverne avec une salle à l'étage pour des clients spéciaux, il fallait être dur, fort. Vous étiez assis dans un bureau et quand les gens venaient vous demander des faveurs, vous riiez. Dix mille dollars, ce n'est pas du foin, mon pote ! Mes roues ne sont pas truquées. Si vous pensez qu'ils le sont, sortez . C'est tes funérailles.

C'est tes funérailles, disait Mike en riant jusqu'aux larmes.

On ne pouvait pas combattre ce genre de force. Mike pouvait pousser ses jointures violemment sur le visage des gens qui lui devaient de l'argent, et il ne serait même jamais arrêté.

Mike pourrait sortir de l'argent neuf et net de son portefeuille, l'étaler comme un éventail, dire à n'importe quelle fille assez folle pour lui jeter un second coup d'œil : « Tu m'intéresses, chérie ! Débarrassez-vous de lui et venez chez moi. ma table!"

Il pouvait dire des choses pires à des filles trop honnêtes et trop respectueuses d'elles-mêmes pour le regarder.

Tu pourrais être si froid et si dur que rien ne pourrait jamais te faire de mal. Vous pourriez être Mike Galante...

Comment avait-elle pu aimer un tel homme ? Et il y a entraîné Joe, un bon garçon qui n'avait commis qu'une seule très grave erreur dans sa vie : celle de lui demander de l'épouser.

Elle frissonna d'un frisson de dégoût de soi et tourna ses yeux avec hésitation vers le grand homme en maillot de bain qui était assis seul près de la porte.

Pendant un instant, elle croisa le regard du grand homme et ses craintes semblèrent s'estomper ! Elle le regardait... un coup de soleil presque noir. Des muscles comme un sauveteur. Tout seul et pas en fuite. Lorsqu'il lui rendit son regard, ses yeux brillaient d'un intérêt amical, mais d'aucune intention suggestive ou coquette.

Il était trop robuste pour être vraiment beau, pensa-t-elle, mais il n'aurait pas non plus besoin de fouiller dans son portefeuille pour convaincre une fille de changer de table.

Avec culpabilité, elle se souvenait de Joe, maintenant ce ne pouvait être que Joe.

Puis elle vit Joe entrer dans la pièce. Il était pâle comme la mort et il venait droit vers elle entre les tables. Sans prendre le temps d'évaluer ses chances de rester en vie, il croisa un homme et une femme qui appréciaient suffisamment la compagnie de Mike pour les inciter à se comporter de manière laides en échange d'une aumône quotidienne. Ils ne levèrent pas les yeux vers Joe alors qu'il passait, mais les lèvres de l'homme se retroussèrent en un ricanement et la femme murmura quelque chose qui sembla attiser les flammes de la méchanceté de son compagnon.

Mike avait des amis – des amis qui ne le dénonceraient jamais tant que leurs dossiers de police restaient dans le coffre-fort de Mike et qu'ils pouvaient compter sur sa protection.

Elle commença à se lever, pour aller voir Joe et l'avertir que Mike reviendrait. Mais le désespoir l'envahit et l'impulsion s'éteignit. Ce que Joe ressentait pour elle était une chose trop importante pour être arrêtée...

Joe la voyait mince à contre-jour, et ses pensées étaient comme la vague de la mer, sauvages, indisciplinées.

Peut-être que Mike m'aura. Peut-être que je serai mort à cette heure demain. Peut-être que je suis fou de l'aimer comme je l'aime...

Ses cheveux à contre-jour, une masse d'or filé.

Toujours une femme qui me dérange, aussi loin que je me souvienne. Molly, Anne, Janice... Certaines étaient bonnes pour moi et d'autres mauvaises.

Vous voyez une femme dans la rue qui marche devant vous, les hanches qui bougent, et vous pensez : je ne connais même pas son nom mais j'aimerais l'écraser dans mes bras !

Je suppose que chaque homme ressent cela à propos de chaque jolie femme qu'il voit. Même sur certains qui ne sont pas si jolis. Mais ensuite, vous apprenez à connaître et à aimer une femme, et vous ne ressentez plus tellement cela. Vous la respectez et vous ne vous laissez pas ressentir ainsi.

Puis quelque chose se passe. Vous l'aimez tellement que c'est encore comme la première fois mais avec beaucoup de choses en plus. Tu l'aimes tellement que tu mourrais pour la rendre heureuse.

Joe tremblait lorsqu'il se glissa sur la chaise laissée vacante par Mike et lui tendit les deux mains.

"Je t'emmène ce soir", dit-il. "Tu viens avec moi."

Joe avait peur, elle le savait. Mais il ne voulait pas qu'elle le sache. Ses mains étaient comme de la glace et sa peur se mêlait à la sienne alors que leurs mains se rencontraient.

"Il va te tuer, Joe ! Tu dois m'oublier !" elle a sangloté.

"Je n'ai pas peur de lui. Je suis plus fort que vous ne le pensez. Il n'osera pas m'attaquer avec une arme à feu, pas ici devant tous ces gens. S'il m'attaque avec ses poings, je lui accrocherai un solide laissé à sa mâchoire qui l'étirera à froid!"

Elle savait qu'il ne se trompait pas. Joe ne voulait pas plus mourir qu'elle.

L'Homme du Temps eut envie de se lever, de s'approcher des deux enfants effrayés et de les réconforter avec un sourire rassurant. Il était assis à regarder, sentant leur peur battre en vagues tumultueuses dans son cerveau. Peur dans l'esprit d'un garçon et d'une fille parce qu'ils se voulaient désespérément !

Il les regardait fixement et ses yeux leur parlaient...

La vie est plus grande que vous ne le pensez. Si vous pouviez voyager dans le temps et voir à quel point le courage de l'homme est grand, si vous pouviez voir tous ses triomphes sur le désespoir, le chagrin et la douleur, vous sauriez qu'il n'y a rien à craindre ! Rien du tout!

Joe se leva de table, soudain calme et tranquille.

"Allez," dit-il doucement. "Nous partons d'ici tout de suite. Ma voiture est dehors et si Mike essaie de nous arrêter , je le réparerai !"

Le garçon et la fille se dirigèrent ensemble vers la porte, une jeune fille extrêmement jolie et un garçon devenu soudain devenu un homme.

C'est avec regret que Moonson les regarda partir. Alors qu'ils atteignaient la porte, la jeune fille se tourna et sourit et le garçon s'arrêta également – et ils sourirent tous les deux soudainement à l'homme en maillot de bain.

Puis ils sont partis.

Moonson se leva alors qu'ils disparaissaient et quitta la taverne.

Il faisait nuit quand il arriva à la cabane. Il était fatigué et lorsqu'il aperçut l'homme assis à travers la fenêtre éclairée, un grand désir de compagnie l'envahit.

Il oublia qu'il ne pouvait pas parler à l'homme, oublia complètement la difficulté de langage. Mais avant que cet élément insurmontable ne lui vienne à l'esprit , il était à l'intérieur de la cabine.

Une fois sur place, il a constaté que le problème était résolu de lui-même : l'homme était écrivain et il buvait régulièrement depuis des heures. C'est donc l'homme qui a parlé, sans vouloir ni attendre de réponse.

C'était un homme plutôt jeune et bel, avec des tempes grisonnantes et des yeux vivement observateurs. Dès l'instant où il a vu Moonson, il a commencé à parler.

"Bienvenue, étranger", dit-il. "Je me suis baigné dans l'océan, hein ? Je ne peux pas dire que j'apprécierais ça, aussi tard dans la saison !"

Moonson avait d'abord peur que son silence ne décourage l'écrivain, mais il ne connaissait pas les écrivains...

"C'est bien d'avoir quelqu'un à qui parler", a poursuivi l'écrivain. "J'ai passé toute la journée à essayer d'écrire. Je vais vous dire quelque chose que vous ne savez peut-être pas : vous pouvez aller dans les meilleurs hôtels, et vous pouvez ouvrir caisse après caisse du meilleur vin, et vous ne pouvez toujours pas commence parfois."

Le visage de l'écrivain parut soudain vieillir. La peur lui monta aux yeux et il porta la bouteille à ses lèvres, détournant le regard de son invité alors qu'il buvait comme s'il avait honte de ce qu'il devait faire pour échapper au désespoir à chaque fois qu'il faisait face à sa peur.

Il essayait de redevenir célèbre. Son plus grand moment était survenu des années auparavant, lorsque sa plume d'or avait glorifié une génération de fous.

Pendant un instant immortel, son génie l'avait porté vers les hauteurs, et un blanc éclat de publicité lui avait donné un halo de gloire. Plus tard furent des années maigres et amères, jusqu'à ce que finalement sa réputation s'amenuise comme une bougie éventrée dans une pièce hivernale à minuit.

Il pouvait encore écrire, mais désormais la peur et le remords l'accompagnaient et ne lui laissaient aucune paix. La plupart du temps, il avait cruellement peur.

Moonson écoutait les pensées de l'écrivain dans un silence navré – des pensées si tragiques qu'elles semblaient incompatibles avec les rythmes naturels et magnifiques de son discours. Il n'aurait jamais imaginé qu'un homme sensible et imaginatif, un artiste, puisse être à ce point abandonné par la société que son génie avait contribué à enrichir.

L'écrivain allait et venait, révélant ses pensées les plus intimes... Sa femme était désespérément malade et l'avenir semblait complètement noir. Comment pouvait-il rassembler la force de volonté pour continuer, et encore moins pour écrire ?

Il dit farouchement : "C'est bon pour toi de parler—"

Il s'arrêta, semblant se rendre compte pour la première fois que le grand homme assis dans un fauteuil près de la fenêtre n'avait fait aucune tentative pour parler.

Cela semblait incroyable, mais le grand homme avait écouté dans un silence complet, et avec une telle assurance tranquille que son silence avait pris une éloquence qui inspirait une confiance absolue.

Il avait toujours su qu'il existait quelques personnes comme lui dans le monde, des gens dont on pouvait tenir pour acquis la sympathie et la compréhension. Il y avait chez ces gens une intrépidité qui les distinguait de la foule, des bornes de pierre dans un désert désert pour donner de l'assurance au voyageur fatigué par sa robustesse, sa force qui reflète le soleil.

Il y avait quelques personnes comme ça dans le monde mais on passait parfois toute une vie sans en rencontrer une. Le grand homme était assis là, lui souriant, respirant calmement la sérénité de celui qui a vu la vie depuis ses racines enchevêtrées et inaccessibles vers l'extérieur et témoigne par expérience que toute la croissance est saine.

L'écrivain s'arrêta brusquement de faire les cent pas et se redressa. Alors qu'il regardait le grand homme dans les yeux, ses craintes semblaient s'estomper. La confiance lui revint comme le déferlement de la mer en grandes vagues brillantes de créativité.

Il sut soudain qu'il pouvait à nouveau se perdre dans son travail, exploiter la cloche brillante et résonnante de son génie jusqu'à ce que sa voix dorée résonne à travers l'éternité. Il avait un autre grand livre en lui et il allait être écrit maintenant. Cela serait écrit...

"Vous m'avez aidé !" il a presque crié. "Vous m'avez aidé plus que vous ne le pensez. Je ne peux pas vous dire à quel point je vous suis reconnaissant. Vous ne savez pas ce que cela signifie d'être tellement paralysé par la peur que vous ne pouvez plus écrire du tout!"

L'Homme du Temps était silencieux mais ses yeux brillaient curieusement.

L'écrivain se tourna vers une bibliothèque et en sortit un volume dont la couverture décolorée était autrefois brillante de couleurs arc-en-ciel. Il s'assit et écrivit une inscription sur la page de garde.

Puis il se leva et tendit le livre à son visiteur en s'inclinant légèrement. Il souriait maintenant.

"C'était mon premier-né !" il a dit.

L'Homme du Temps a d'abord regardé le titre... CE CÔTÉ DU PARADIS .

Puis il ouvrit le livre et lut ce que l'auteur avait écrit sur la page de garde :

Avec une chaleureuse gratitude pour un courage qui a ramené le soleil.

F. Scott Fitzgerald.

Moonson salua ses remerciements, se retourna et quitta la cabine.

Le matin, il marchait à travers des prairies fraîches, la rosée luisant sur sa tête nue et ses épaules larges et droites.

Ils ne le retrouveraient jamais, se dit-il désespérément. Ils ne le retrouveraient jamais parce que le Temps était trop vaste pour identifier un seul homme en une si grande perte d'années. Les crêtes imposantes de chaque âge étaient peut-être visibles, mais il ne pouvait y avoir de retour à un petit point insignifiant du puissant océan du Temps.

Tandis qu'il marchait, ses yeux cherchaient le champ et la route sinueuse qu'il avait suivie jusqu'à la ville. Hier encore, cette voie lui avait semblé lui faire signe et il l'avait suivi, désireux d'explorer une époque si primitive que la communication mentale d'esprit à esprit n'avait pas encore remplacé la parole humaine.

Il savait désormais que la faculté de parole que l'humanité avait depuis longtemps dépassée ne cesserait jamais d'agir comme une barrière entre lui et les hommes et les femmes de cette époque révolue. Sans cela, il ne pourrait espérer trouver ici une compréhension et une sympathie complètes.

Il était toujours seul et bientôt l'hiver viendrait et le ciel deviendrait froid et vide...

La machine à voyager dans le temps s'est matérialisée si soudainement devant lui que pendant un instant son esprit a refusé de l'accepter comme autre chose qu'une illusion torturante évoquée par la turbulence de ses pensées. Tout à coup, elle se dressa sur son chemin, brillante et brillante, et il avança sur l' herbe trempée de rosée jusqu'à ce qu'il soit arrêté par une joie si bouleversante qu'il lui sembla que son cœur allait éclater.

Rutella sortit de la machine avec un petit rire gai, comme si son expression stupéfaite était la plus amusante du monde.

"Tiens tranquille et laisse-moi t'embrasser, chérie," dit son esprit au sien.

Elle se tenait sur la pointe des pieds dans l'herbe brillante, ses cheveux noirs et lisses tombant sur ses épaules, une fille extraordinairement jolie pour être l'épouse d'un homme si tourmenté.

"Vous m'avez trouvé!" ses pensées exultaient. "Tu es revenu seul et tu as cherché jusqu'à ce que tu me trouves !"

Elle hocha la tête, les yeux brillants. Le Temps n'était donc pas trop vaste pour être cerné après tout, pas lorsque deux personnes étaient si solidement liées d'esprit et de cœur que leurs pensées pouvaient construire un pont à travers le Temps.

"Le Bureau d'ajustement émotionnel a analysé tout ce que je leur ai dit. Votre psychographe comptait cinquante-sept pages, mais c'est votre solitude désespérée qui m'a guidé vers vous."

Elle porta sa main à ses lèvres et l'embrassa.

"Tu vois, chérie, une peur compulsive n'est pas facile à vaincre. Aucun homme ni aucune femme ne peut la vaincre seul. Les historiens nous disent que lorsque la première fusée à passagers a décollé vers Mars, la peur spatiale a surpris les hommes de la même manière que votre la peur vous a saisi. La solitude, la désolation totale de l'espace, était trop difficile à supporter pour un esprit humain.

Elle sourit à son amour. "Nous rentrons. Nous l'affronterons ensemble et nous le vaincrons ensemble. Tu ne seras plus seul maintenant. Chérie, tu ne vois pas, c'est parce que tu n'es pas une motte, parce que tu es sensible et imaginatif que vous ressentez la peur. Il n'y a pas de quoi avoir honte. Vous avez simplement été le premier homme sur Terre à développer un nouveau type de peur complètement différent : la peur du temps.

Moonson tendit la main et toucha doucement les cheveux de sa femme.

En montant dans l'Observatoire du Temps, une pensée lui vint spontanément à l'esprit : *il sauva les autres, il ne pouvait pas se sauver lui-même.*

Mais ce n'était plus du tout vrai maintenant.

Il *pouvait* s'en empêcher maintenant. Il ne serait plus jamais seul ! Guidée par la main sûre de l'amour et d'une confiance totale, la connaissance de soi peut être une arme brillante. Le voyage de retour était peut-être difficile, mais, tenant fermement la main de sa femme, il n'éprouvait aucune appréhension, aucune peur.